D1095659

Doña Piñones

Doña Piñones

María de la Luz Uribe
Fernando Krahn

Ediciones Ekaré

Estera y esteritas
para contar peritas,
estera y esterones
para contar perones.
Esta era una vez
una viejecita
llamada María
del Carmen Piñones.

Y esta viejecita
vivía asustada,
todo lo temía,
todo la espantaba;
vivía escapando
de miedo en el día,
de noche dormía
detrás de su cama.

Pasó el Viento Norte:
"Dame un vaso de agua,
que traigo resecas
la boca y el alma".
Y doña Piñones
sin decir palabra
corrió a esconderse
bajo su paraguas.

Pero ahí debajo
todo estaba oscuro,
y doña Piñones
temblaba de susto;
temblaba su mano,
temblaba el paraguas,
"¡Terremoto!", dijo,
y cayó de espaldas.

Y doña María
del Carmen Piñones
después no sabía
ni cuándo ni dónde
se había caído;
recogió el paraguas
y se sentó al fuego
a coser su enagua.

Pasó el Viento Sur:

"Préstame el brasero,

que mi corazón

se transforma en hielo".

Y doña Piñones,

morada de miedo,

se subió al armario

en un solo vuelo.

El armario es alto
y doña Piñones
queda suspendida
de él por un dedo.
Trata de agarrarse
se golpea el cuello,
por sobarse cae
gritando: "¡Me muero!".

Pero no se ha muerto,
no, doña María.
Se queda dormida
ahí mismo, en el suelo.
Y cuando despierta
sin saber qué pasa,
se pone a ordenar
y a limpiar la casa.

Pasó el Viento Este:
"Dame tu plumero,
que el polvo me ciega
y ya casi no veo".
Y doña Piñones,
sin decirle nada,
se subió al plumero
y ahí quedó sentada.

Se mece el plumero
de acá para allá.
Y doña Piñones
viene, viene y va.
Y al final mareada
con el bamboleo,
se cae sentada
sobre su brasero.

Después de sanarse
de las quemaduras,
"¡Ay Jesús!", se dice,
"qué vida tan dura.
Haré unos buñuelos;
así, con el gusto,
olvidaré el miedo,
el temor y el susto".

Pasó el Viento Oeste:
"Préstame tu manta,
que el sol me persigue
y casi me alcanza".
Y doña Piñones
se pone muy pálida,
da un salto y se cuelga
de su propia lámpara.

Ahí doña Piñones
se queda colgada.
Nadie ya ha venido
más hasta su casa;
pues los cuatro vientos
cuentan donde pasan
que doña Piñones
no da a nadie nada.

Pero un día un niño
que escucha los vientos
oyó que contaban
este cuento cierto.
"Pobre viejecita",
dice, "si la encuentro,
en un dos por tres
le quitaré el miedo".

Llegó hasta su casa,
oyó unos suspiros.
"Es doña Piñones",
dijo al punto el niño.
Cuando abre la puerta
le contesta un grito:
"¿Quién será? ¡Qué susto!"
"Soy yo, sólo un niño".

¡Ay doña María
del Carmen Piñones,
que teme a las moscas,
arañas, ratones!
Su casa está llena
de estos bicharracos,
y ella ahí colgada
gimiendo y gritando.

Entonces el niño
bajó a la viejita,
le limpió la casa,
le dio manzanilla,
y dijo: "Señora,
ya no tengas miedo,
esos que pasaron
son los cuatro vientos".

"¿Eran sólo vientos?
dijo la Piñones,
"¡Pensé que eran brujos,
gigantes, dragones!"
Y abriendo la puerta
se puso a dar gritos:
"¡Que vengan los vientos!
¡Vientos necesito!"

Llegaron los vientos,
los cuatro llegaron,
y doña Piñones
los quedó mirando:
"¡Pensar que eran vientos
y yo tenía susto!"
Y doña Piñones
reía de gusto.

Entonces los vientos
dijeron: "¿Paseamos?"
Y el niño y los vientos
le dieron la mano.
Y se fue volando
con los ventarrones
la doña María
del Carmen Piñones.

ekaré
EDICIONES

Edición a cargo de Verónica Uribe
Dirección de Arte: Monika Doppert
Diseño: Irene Savino

Primera Edición 2006

© texto, María de la Luz Uribe
© ilustraciones, Fernando Krahn

Edif. Banco del Libro, Av. Luis Roche, Altamira Sur,
Caracas, Venezuela
www.ekare.com

Todos los derechos reservados.

ISBN 980-257-327-2
HECHO EL DEPÓSITO DE LEY
Depósito Legal lf15120058004679